AF401603

LA
RÉVOLTE DES GRANDES

SUIVI DE

LES ÉMIGRANTES

PAR

Mme DANGLARS

OUVRAGE ILLUSTRÉ DE 10 GRAVURES

PARIS

LIBRAIRIE DE FIRMIN-DIDOT ET Cie
IMPRIMEURS DE L'INSTITUT, RUE JACOB, 56
1889

TYPOGRAPHIE
FIRMIN-DIDOT
MESNIL (EURE).

LA
RÉVOLTE DES GRANDES

LA
RÉVOLTE DES GRANDES

SUIVI DE

LES ÉMIGRANTES

PAR

Mme DANGLARS

OUVRAGE ILLUSTRÉ DE 10 GRAVURES

PARIS

LIBRAIRIE DE FIRMIN-DIDOT ET Cie

IMPRIMEURS DE L'INSTITUT, RUE JACOB, 56

1889

PERSONNAGES.

MADAME LEGRAND, maîtresse de pension.
MADEMOISELLE LUCIENNE, sous-maîtresse.
CÉCILE, dix-huit ans.
BERTHE, dix-sept ans.
ALINE, quinze ans.
LÉONIE, seize ans.
LAURENCE, quatorze ans.

La scène représente une grande cour, plantée de tilleuls, que des massifs de lilas séparent d'un jardin très étendu.

LA
RÉVOLTE DES GRANDES

ACTE PREMIER

SCÈNE PREMIÈRE.

BERTHE, LÉONIE, ALINE.

BERTHE.

Je ne m'en dédis pas, je n'ai jamais vu de
sous-maîtresse aussi détestable que mademoiselle Lucienne.

ALINE.

Détestable est le mot.

LÉONIE.

Ce ne sera pas moi qui vous contredirai.

ALINE.

Je le crois bien, toi qu'elle semble prendre pour but de ses railleries.

LÉONIE.

Si cela se bornait à des railleries, je me contenterais d'en rire.

BERTHE.

D'autant plus que tu ne serais pas embarrassée pour les lui rendre.

LÉONIE.

S'il fallait se gêner... Malheureusement mademoiselle Lucienne a la mauvaise habitude d'accompagner ses épigrammes de traductions, verbes, pages, punitions de toutes sortes... Mais on ne te les épargne guère non plus, Aline, ni à toi, Berthe.

BERTHE.

Oh! mademoiselle Lucienne distribue les punitions avec une égale libéralité.

ALINE.

Eh bien, avec une égale libéralité nous lui gardons, nous, tout ce qui a le don de l'exaspérer, les sourires moqueurs, les haussements d'épaule...

LÉONIE.

Et les réponses impertinentes... Oh! elle verra bientôt qu'il ne fait pas bon lutter avec nous.

Fig. 1. — « Ce n'est jamais impunément que l'on s'attaque aux grandes ».

BERTHE.

Et que, fût-on, comme elle croit l'être, le modèle des sous-maîtresses, ce n'est jamais impunément que l'on s'attaque aux grandes.

ALINE.

Elle apprendra à ses dépens ce que c'est qu'une révolte de grandes. Mais voici l'heure de rentrer : je me sauve préparer ma musique.

LÉONIE.

Et moi, tout mon attirail de dessin, car le professeur ne tardera pas à arriver.

ALINE.

Moi, qui ne cultive pas les arts dits d'agrément, je vais rester ici jusqu'au dernier coup de cloche... On est si bien près de ces lilas! Et puis, voici Laurence et Cécile qui viennent.

LÉONIE.

Une grande avec une moyenne.

ALINE.

Laurence peut bien compter pour une grande, quoiqu'elle n'ait que quatorze ans; elle est si intelligente!

LÉONIE.

C'est égal, la vive, la folle, la moqueuse Laurence en compagnie de la douce et sage Cécile... de quoi peuvent-elles causer?

BERTHE.

Peut-être de la dureté du temps.

LÉONIE.

Du mauvais état des affaires.

BERTHE.

Ou des malheurs de la guerre.

LÉONIE.

Ou des dangers de l'ignorance.

BERTHE.

Ou encore de la rareté des amies.

ALINE.

Avez-vous fini? Les professeurs vont venir, et vous serez mal notées. Avez-vous oublié nos conventions?

BERTHE.

Non, non. Être avec toutes nos maîtresses, avec tous nos professeurs, d'une telle docilité que l'on comprenne que la révolte n'est pas le fond de notre caractère, mais que nous y avons été forcées par les circonstances.

LÉONIE.

Des circonstances qui s'appellent mademoiselle Lucienne... Bref, pour le dire en
deux mots, il faut que l'on sache bien qu'elle
nous déplaît à toutes et qu'elle n'a plus qu'à
faire ses paquets.

BERTHE.

Et elle les fera! Au revoir.

LÉONIE.

A bientôt.

(Elles sortent.)

SCÈNE II.

ALINE, seule.

Si Laurence et Cécile pouvaient ne pas
me voir, je ne serais pas fâchée de savoir de
quoi elles parlent avec tant d'animation. On
dirait que Cécile est en train de sermonner
Laurence... peut-être au sujet de mademoiselle Lucienne? Oh! elle perdrait bien son
temps, la pauvre Cécile. Laurence a beau
l'aimer, elle ne cédera pas là-dessus. Il faudra qu'elle s'en aille, mademoiselle Lu-

cienne, puisque nous ne pouvons pas la souffrir. Cachons-nous sous ces touffes de lilas.

SCÈNE III.

ALINE. CÉCILE, LAURENCE.

CÉCILE.

Où vas-tu, Aline? pourquoi donc te cacher?
Est-ce que cela te déplaît de nous voir?

ALINE, rougissant.

J'avais peur de vous gêner.

LAURENCE.

Du tout. Cécile me fait de la morale, tu
en pourras prendre ta part.

ALINE, riant.

Cela ne me serait sans doute pas inutile,
mais je n'y tiens pas.

CÉCILE, sérieusement.

Tu as bon cœur, Aline, et si je prenais
devant toi la défense d'une personne malheureuse et bien persécutée, je suis sûre que
tu m'approuverais et même que tu te join-
drais à moi.

ALINE.

Oh! mon Dieu, de quoi s'agit-il? Qui donc est ici malheureuse et persécutée, et qu'y puis-je faire?

CÉCILE.

Tu y peux faire beaucoup, ainsi que plusieurs d'entre nos compagnes, car cette personne, c'est mademoiselle Lucienne.

ALINE, froidement.

Je commençais à m'en douter. Eh bien, ma chère Cécile, malgré mon amitié pour toi, malgré l'autorité que te donnent tes dix-huit ans et ta supériorité reconnue sur nous toutes, tu ne réussiras pas à me convaincre, et s'il est vrai que mademoiselle Lucienne soit persécutée, eh bien, persécutée elle restera sans que je fasse rien pour l'empêcher.

CÉCILE.

Tu n'es pourtant pas méchante.

ALINE.

Tu me flattes pour m'attendrir. C'est inutile; je n'aime pas cette demoiselle.

CÉCILE.

Et la raison?

ALINE.

Parce que je ne la trouve pas aimable.

LAURENCE.

Je suis entièrement de ton avis.

CÉCILE.

Est-ce qu'elle peut jouer et rire avec vous comme si elle était votre compagne?

ALINE.

Quand elle serait affable et souriante, une fois par hasard, elle se ferait aimer, tandis que ses grands airs ne servent qu'à la rendre ridicule.

LAURENCE.

C'est bien vrai. Quelle poseuse, cette demoiselle Lucienne! En voilà une qui n'est pas simple.

ALINE.

Oh, non! par exemple, c'est ce que je dis toujours à ma grand'mère, qui me répond que j'ai une mauvaise tête. Si elle voyait Mademoiselle, elle serait bien obligée d'en convenir.

CÉCILE, avec douceur.

Eh bien, s'il est vrai que Mademoiselle ait... quelques travers, tout le monde en a, et cela n'ôte rien à son savoir.

LAURENCE.

Son savoir! cela nous est bien égal, à nous.

ALINE.

Elle en est assez fière.

CÉCILE, continuant.

Cela ne doit pas nous empêcher de reconnaître ses qualités...

ALINE.

Si elle en a.

LAURENCE.

Ce qui est au moins douteux.

ALINE.

Pour moi, je ne lui en connais pas.

CÉCILE.

Comme vous êtes injustes!

ALINE.

Tu la défends, parce que tu sais bien que nous ne l'aimons pas; mais là, franchement, la main sur la conscience, est-ce que tu lui trouves les qualités qui font une bonne institutrice, à mademoiselle Lucienne?

CÉCILE.

Certainement. D'abord, elle est instruite.

LAURENCE.

La belle affaire! Il le faut bien.

ALINE.

Instruite, c'est possible, mais pédante...
et puis elle est injuste, et c'est un grand
défaut chez une sous-maîtresse.

CÉCILE.

Elle, injuste?

ALINE.

Je crois bien. Hier, je causais pendant
l'étude avec Marie Stainville, qui est, tu
le sais, une de ses préfé:ées; elle lui dit
très doucement de se taire et me marque un pensum; si c'est cela ce que tu ap-
pelles être juste!

CÉCILE.

Vous vous faites un plaisir de la con-
trarier.

ALINE.

Cela ne fait rien; on doit être juste si
l'on veut se faire aimer et ne pas compro-
mettre son autorité.

LAURENCE.

Se faire aimer! Il est trop tard maintenant. Quant à son autorité, elle peut
dire qu'elle est joliment compromise.

ALINE.

Ensuite...

CÉCILE.

Ne te gêne pas, continue son procès.

ALINE.

Je ne me gêne pas non plus, tu vois. Poursuivons donc. Mademoiselle Lucienne est injuste, elle est d'humeur inégale, car un jour elle se montre presque souriante, et, une heure après, on lui voit une mine refrognée.

CÉCILE.

C'est un si beau sort que d'être sous-maîtresse!

ALINE.

Cela ne nous regarde pas.

LAURENCE.

Elle ne nous en doit pas moins, et de toutes façons, le bon exemple.

ALINE.

Elle est revêche, dure...

LAURENCE.

Accessible à la flatterie.

CÉCILE.

Tu exagères.

ALINE.

Pas du tout, et je pourrais citer des élèves, et des plus indisciplinées, qui avec un sot compliment ont su esquiver plus d'une punition méritée.

CÉCILE.

Allons, vous l'avez condamnée sans rémission; et combien êtes-vous qui la jugiez avec une telle rigueur?

ALINE.

Toutes celles de la grande classe.

LAURENCE.

Sans me compter.

ALINE.

Si tu ne fais pas encore partie des grandes, puisque pour cela il faut avoir quinze ans, tu es digne d'en être, et nous te considérons comme une des nôtres.

LAURENCE, lui tendant la main.

Merci!

CÉCILE, avec un peu d'ironie.

Il y a bien de quoi! Et que comptezvous faire contre Mademoiselle?

ALINE, avec finesse.

Faut-il te le dire?

CÉCILE.

Me crois-tu capable de vous dénoncer?

ALINE et LAURENCE.

Certes non.

CÉCILE.

Eh bien, alors?

ALINE.

Tu veux savoir ce que nous comptons lui faire? Aucun mal, tu le penses bien... Seulement, il faudra qu'elle s'en aille.

LAURENCE.

Et elle s'en ira, nous l'avons juré.

CÉCILE.

Vous croyez que Madame se privera d'une sous-maîtresse instruite, uniquement parce qu'elle a le malheur de vous déplaire?

LAURENCE.

Nous ne disons pas que Madame le fera avec plaisir; mais enfin Mademoiselle partira.

ALINE.

Elle en viendra à le demander elle-même. Nous saurons l'y forcer par toutes les persécutions qui pourront lui rendre la vie insupportable; et puis les élèves qui sont un peu gâtées chez elles en profiteront pour tâcher, par leurs parents, d'influencer Madame.

LAURENCE.

De lui forcer la main, comme l'on dit.

CÉCILE.

N'en croyez rien; Madame ne cédera pas à de telles exigences.

LAURENCE.

Alors nous partirons toutes en masse.

ALINE.

Toutes les grandes!

(*Elles sortent.*)

SCÈNE IV.

CÉCILE seule.

Je n'ai pu réussir. Pauvre mademoiselle Lucienne : diriger des enfants, des jeunes filles, triste chose lorsqu'on n'a pas le don de s'en faire aimer! Pourtant Mademoiselle a de grandes qualités, mais ces demoiselles ne veulent même pas s'en apercevoir. Elle sait bien qu'elle n'est pas aimée; elle s'est confiée à moi, et elle a été triste, sa confidence. Il lui faudra partir, et cette pensée l'effraye, car elle est orpheline. Elle n'a au monde qu'une vieille parente, si pauvre qu'elle ne pourrait la garder longtemps sans s'imposer une véritable gêne. Que fera-t-elle, à qui s'adressera-t-elle pour retrouver une position, soit dans un pensionnat, soit dans une famille? Tout cela est bien inquiétant. Si j'osais lui conseiller d'être moins sévère... Mais j'ai peur qu'il ne soit plus temps : les têtes de ces demoiselles sont si montées!

SCÈNE V.

CÉCILE, mademoiselle LUCIENNE.

MADEMOISELLE LUCIENNE.

A quoi pensez-vous, Cécile?

CÉCILE, tristement.

Je pensais... je pense à vous, Mademoiselle.

MADEMOISELLE LUCIENNE.

J'ai eu tort peut-être de vous dire ma

Fig. 2. — Mademoiselle Lucienne.

tristesse; vous êtes bien jeune pour porter le poids d'un chagrin.

CÉCILE.

Je voudrais pouvoir adoucir le vôtre. Mais vous vous exagérez, je le crois, les difficultés de votre situation, et j'espère encore que mes compagnes reviendront à de bons sentiments.

MADEMOISELLE LUCIENNE.

Les punitions les plus sévères ne les arrêtent plus. Il suffit que je parle pour qu'elles me désobéissent; elles me tournent en ridicule. C'est comme un mot d'ordre. Dès que je parais, les regards moqueurs, les sourires ironiques se croisent. Je le vois, je n'ai plus qu'à me retirer.

CÉCILE.

Attendez encore. Peut-être qu'avec un peu plus d'indulgence... Mais vous allez me trouver bien hardie.

MADEMOISELLE LUCIENNE.

Non, ma chère Cécile, je vous remercie de ce conseil; j'en reconnais même la justesse, mais en ce moment j'aurais l'air de céder.

CÉCILE, avec insistance.

Essayez, je vous en prie.

MADEMOISELLE LUCIENNE.

Je le veux bien, mais je n'en attends rien de meilleur; ce sera donc par amitié pour vous. Comme elles s'acharnent contre moi, ces jeunes filles! Vous seule, Cécile, avez ressenti pour moi quelque affection.

CÉCILE.

C'est que mon âge se rapproche du vôtre, c'est surtout parce que depuis longtemps j'ai bien compris que vous n'êtes pas heureuse.

MADEMOISELLE LUCIENNE.

Il faut que je vous fasse un aveu, Cécile. J'ai peur de m'être aliéné mes élèves par une trop grande sévérité. Peut-être aussi n'ai-je pas su cacher quelques préférences involontaires? C'est qu'aussi je n'ai que vingt ans, et c'est bien jeune encore... Être sous-maîtresse, quelle condition pénible!... et puis, ces jeunes filles, elles sont sans pitié!

CÉCILE.

Reprenez courage, Mademoiselle, feignez

quelquefois de ne rien voir; un peu de douceur les vaincra.

MADEMOISELLE LUCIENNE.

Je ne l'espère pas... Cependant, à cause
de vous, Cécile, j'essayerai.

ACTE II

SCÈNE PREMIÈRE.

ALINE, LAURENCE, BERTHE, LÉONIE.

ALINE.

Eh bien, elle a eu lieu, la révolte des
grandes.

BERTHE.

Et elle n'a pas eu précisément les résul-
tats que nous en attendions.

LÉONIE.

Ainsi, Madame, au lieu de dire à Mademoiselle de se retirer...

LAURENCE.

Ou plus simplement de s'en aller.

LÉONIE.

Comme tu voudras. Eh bien, je crois

Fig. 3. — La cour du pensionnat.

que Madame rendra « mesdemoiselles les
grandes » à leur famille.

ALINE.

C'est cela qui va faire un bon effet chez
nous.

BERTHE.

Et chez nous donc! Maman va avoir du
chagrin et mon père ne voudra rien enten-
dre.

LAURENCE.

Ni le mien non plus, bien sûr... Les hom-
mes ne comprennent rien à ces antipathies
insurmontables.

LÉONIE.

S'ils étaient avec un professeur aussi dé-
sagréable que Mademoiselle, ils verraient...
J'espère pourtant que mon père, après m'a-
voir un peu grondée... pour la forme, finira
par trouver que nous n'avons pas eu si
grand tort, et qu'une maîtresse de pension
doit choisir des sous-maîtresses qui sachent
se faire aimer de leurs élèves.

LAURENCE.

Tu es bien heureuse, alors; cela ne se
passera pas si bien à la maison.

LÉONIE.

Il y aura bien grand'mère, qui répétera que je suis une mauvaise tête ; mais j'y suis habituée. Ah ! çà, nous n'allons pas nous lamenter maintenant... La partie est perdue, c'est un malheur ; on ne peut pas toujours gagner.

BERTHE.

Léonie a raison. Sottise ou faute, nous saurons en subir les conséquences..., et sans lâcheté encore.

ALINE.

Certainement. On va d'abord nous mettre en retenue pendant au moins quinze jours, puis nous serons privées de la grande sortie, et enfin nos parents viendront nous chercher.

BERTHE.

Et Mademoiselle restera ici, plus sévère et plus orgueilleuse que jamais.

LAURENCE.

Qu'est-ce que cela pourra nous faire, puisque nous n'y serons plus ?

LÉONIE.

C'est vexant tout de même... Une révolte

qui marchait si bien! couronnée par une vraie barricade!

ALINE.

Et puis être renvoyées, ce n'est pas très honorable.

LAURENCE.

Qui le saura? On ne s'en informera pas à la pension où nous irons.

BERTHE.

Et nos mères ne s'en vanteront pas. D'ailleurs, on ne me remettra pas en pension, j'aurai des professeurs.

LAURENCE.

C'est une idée que je donnerai à maman. Voici Cécile... Attendons-nous à un sermon.

BERTHE.

Ne te moque pas de Cécile, c'est une bonne compagne.

LÉONIE.

C'est vrai, elle nous a donné d'excellents conseils.

ALINE.

Elle a su d'avance ce que nous voulions faire, et quoiqu'elle fût l'amie de Mademoiselle, elle ne nous a pas trahies.

SCÈNE II.

LES MÊMES, CÉCILE.

CÉCILE.

Eh bien, mes pauvres enfants, vous pas
sez de tristes récréations?

BERTHE.

On peut même dire que ce sont des clas-
ses prolongées.

LÉONIE.

Et même infiniment trop prolongées; par
bonheur, Mademoiselle nous délivre de son
aimable présence.

ALINE.

Oui, elle s'en va causer avec les autres
sous-maîtresses, au lieu de nous surveiller.

CÉCILE.

Il faut bien qu'elle prenne un peu l'air.

LAURENCE.

Comment donc! Mais tant qu'elle voudra.

BERTHE.

Nous aurions même voulu qu'elle le prît
indéfiniment.

CÉCILE.

Vous feriez mieux d'avouer combien vous avez été coupables.

BERTHE.

Peut-être au point de vue d'une élève raisonnable comme toi, mais enfin, puisque nous ne voulions plus de Mademoiselle, il nous fallait bien faire ce que nous avons fait.

LÉONIE.

Dame! qui veut la fin veut les moyens, et nous ne pouvions pourtant pas aller dire à Madame de prier Mademoiselle de s'en aller parce que nous ne l'aimons pas.

LAURENCE, avec ironie.

Cela aurait fait bon effet.

BERTHE.

Il ne restait qu'à témoigner notre antipathie contre Mademoiselle.

CÉCILE.

Et vous l'avez témoignée sans ménagements. Est-il possible que de grandes filles, intelligentes comme vous l'êtes, se soient conduites ainsi! Faire des barricades, comme des gamins.

LÉONIE, en riant.

J'aurais donné quelque chose pour voir la figure de Mademoiselle lorsqu'elle a trouvé portes et fenêtres barrées et barricadées.

LAURENCE.

Justement, Madame dînait en ville.

ALINE.

Mademoiselle, en femme de tête, est allée chercher du renfort.

BERTHE, d'un air moqueur.

Les trois autres sous-maîtresses, la lingère... et une bonne.

LÉONIE, de même.

Le siège a bien duré deux heures. J'ai vu le moment où l'on allait requérir l'assistance de la force armée.

BERTHE.

Nous lui avons épargné ce ridicule en nous rendant... Mais nous avions fait notre protestation.

CÉCILE.

Ne vous en vantez pas.

ALINE.

Ne nous gronde pas. Nous avons assez entendu de discours.

LAURENCE.

Sans compter ceux qu'on nous réserve encore.

BERTHE.

Les discours... de la fin.

CÉCILE.

Vous devriez prier Mademoiselle d'oublier vos torts.

BERTHE, en riant.

C'est cela, faire amende honorable.

ALINE, de même.

Pourquoi pas pieds nus?

LAURENCE, de même.

Une chandelle à la main et la corde au cou?

LÉONIE, de même.

Au lieu des clefs de la ville, nous lui apporterons les clefs de la classe.

CÉCILE, sérieusement.

Tenez, vous me faites de la peine. Vous ne pensez donc pas au chagrin que vous allez causer à vos familles?

BERTHE, avec brusquerie.

Laisse-nous, ne nous parle pas de cela; d'ailleurs, les regrets seraient inutiles.

LÉONIE.

Cette fière personne n'est pas d'un caractère à pardonner facilement.

CÉCILE.

Peut-être.

LAURENCE.

Moi, je ne suis pas d'avis que nous allions nous humilier pour rien.

ALINE.

Demander pardon...

BERTHE.

Comme des petites filles : « Mamselle, je ne le ferai plus. »

CÉCILE.

Reconnaître ses torts, ce n'est pas s'humilier.

ALINE, vivement.

Silence! la voici.

CÉCILE.

Soyez soumises, je vous en prie.

LAURENCE.

Hum!

BERTHE.

Cela dépendra.

SCÈNE III.

LES MÊMES, MADEMOISELLE LUCIENNE.

MADEMOISELLE LUCIENNE.

Mesdemoiselles Berthe, Léonie et Aline ont-elles fini les punitions en retard?

BERTHE.

J'ai encore cinquante vers à copier.

LÉONIE.

Moi, le règne de Louis XII.

ALINE.

Et moi, trois pages à apprendre.

MADEMOISELLE LUCIENNE.

Je vois que vous n'avez pas employé le temps ainsi que vous auriez dû le faire.

LAURENCE, bas, à Léonie.

Tiens, c'était à elle de nous surveiller.

LÉONIE, de même.

Va donc lui dire cela, toi.

MADEMOISELLE LUCIENNE.

Mesdemoiselles Laurence et Léonie, vous vous permettez de causer; pour cette fois, je n'augmenterai pas vos pensums.

BERTHE, bas, à Aline.

C'est heureux...

MADEMOISELLE LUCIENNE, continuant.

Mais je vous engage à une soumission qui seule pourra désarmer Madame.

BERTHE, bas, à Aline.

Oh! mais... je ne l'ai jamais vue si douce.

ALINE, de même.

Dame! elle triomphe, elle est contente!

SCÈNE IV.

LES MÊMES, MADAME LEGRAND.

LAURENCE, bas, à Léonie.

Ouf! qu'est-ce que Madame a encore à nous débiter?

ALINE, de même.

De faire nos malles.

MADAME LEGRAND.

Vous n'avez pas pensé sans doute, mesdemoiselles, qu'une retenue de quinze jours et la privation de la sortie du premier dimanche du mois dussent être les seules punitions de votre inqualifiable conduite.

LAURENCE, bas, à Léonie,

Laurence avait raison; elle va nous mettre à la porte.

MADAME LEGRAND.

Quel que soit le mécontentement que m'ait inspiré votre blâmable et ridicule révolte, ce n'est pas sans éprouver une peine réelle que je viens vous annoncer l'irrévocable détermination que je me vois obligée de prendre, afin de prévenir le retour de ces scènes scandaleuses. Mademoiselle Lucienne, votre sous-maîtresse, dont je sais apprécier les hautes qualités, quoiqu'elle ait eu le malheur de vous déplaire, veut bien consentir à rester près de moi, mais celles qui se sont permis de l'insulter seront rendues à leurs familles.

CÉCILE, timidement.

Si j'osais, Madame...

MADAME LEGRAND, l'interrompant.

Vous êtes une excellente amie, Cécile, mais vos compagnes ne méritent pas que vous intercédiez pour elles. Ne me demandez donc pas un pardon que je ne puis leur accorder, et qu'aucune d'elles d'ailleurs n'a mérité, même par l'ombre d'un repentir. Il faut qu'un exemple soit fait, il le sera. (*A*

Fig. 1. — Madame Legrand.

Mlle *Lucienne*.) J'ai à vous parler, Mademoiselle; veuillez donc accorder à ces de-

moiselles une demi-heure, non de récréa-
tion, mais de repos. Cécile suffira au
maintien de l'ordre.

(*Mme Legrand et Mlle Lucienne sortent.*)

SCÈNE V.

CÉCILE, BERTHE, ALINE, LÉONIE, LAURENCE.

ALINE.

Ne vous l'ai-je pas dit quand Madame est
entrée? Vous le voyez, nous n'avons plus
qu'à faire nos malles.

BERTHE.

Ce n'est pas gai.

LÉONIE.

Qu'est devenu ton courage, Berthe? Tu
disais si bien que nous saurions soutenir
sans lâcheté les conséquences de notre sottise.

BERTHE.

Eh, mon Dieu! je le dis encore. Mais
penser que ma chère maman aura du chagrin, m'en affliger et regretter de le lui
causer, ce n'est pas être lâche.

CÉCILE.

Non, ma pauvre amie, c'est avoir du cœur.

LAURENCE.

On est encore assez sévère chez nous, et je prévois que les premiers jours qui suivront ma rentrée n'y seront pas précisément des jours de fête; après tout, cela finira par se passer.

LÉONIE.

Papa est indulgent, mais je ne m'en attends pas moins à bien des reproches.

ALINE.

Et moi aussi, surtout lorsqu'il faudra que maman s'occupe de me placer dans une autre pension ou de me chercher une institutrice. Comme elle en aura de l'ennui, cela m'attirera bon nombre de remontrances.

CÉCILE.

Qui seront plus que méritées, conviens-en.

LÉONIE.

Si tu veux... Mais enfin, c'est fait.

BERTHE.

Malheureusement, car si c'était à recommencer...

LÉONIE.

Peut-être... mais, comme dit Aline, c'est fait. A quoi servirait-il de nous désoler inutilement?

LAURENCE.

Ou de témoigner un repentir auquel on ne croirait pas?

CÉCILE.

Qu'en sais-tu? Il est si naturel d'avoir regret du mal que l'on a fait.

ALINE.

D'ailleurs, en supposant que nous puissions nous repentir, comme tu dis, que nous demandions pardon et que Madame se laissât fléchir...

LÉONIE.

Toutes choses qui me paraissent au moins douteuses...

ALINE.

Nous recommencerions probablement.

BERTHE.

Oh, non!

LAURENCE.

Mesdemoiselles, voici Berthe qui se repent.

BERTHE.

Oui, à cause de ma mère.

LÉONIE.

Je ne sais pas si nous recommencerions à nous révolter, mais je suis sûre que nous n'en aimerions pas davantage Mademoiselle.

ALINE.

Ça, c'est bien sûr, et moi, il m'est impossible de travailler avec quelqu'un que je n'aime pas.

LAURENCE.

Ni moi non plus.

CÉCILE.

Pourvu que vous soyez dociles et que vous cachiez cette antipathie...

ALINE.

Voilà le difficile!

LAURENCE.

L'impossible!

CÉCILE.

Vous l'aimeriez à la longue.

LÉONIE.

Ce ne pourrait être, en effet, que très à la longue.

BERTHE.

Si Mademoiselle avait toujours paru ce qu'elle est depuis quelques jours, rien de tout cela ne serait arrivé.

CÉCILE.

Elle a bien aussi ses peines, et quoi d'étonnant si elle est parfois un peu triste.

LÉONIE.

Oh! triste...

LAURENCE.

Dis plutôt de mauvaise humeur, tu es donc sa confidente, Cécile?

CÉCILE.

Qu'y verrais-tu à reprendre?

LAURENCE.

Oh! rien. Je te trouve de tous points digne de confiance.

CÉCILE.

Merci! Je voudrais savoir si toutes nos compagnes, ici présentes, partagent cette opinion.

TOUTES.

Oui, oui!

CÉCILE.

Eh bien, prouvez-le moi en témoignant

à Mademoiselle le regret que vous avez de votre conduite.

ALINE.

Est-ce que nous en avons du regret?

CÉCILE.

Assurément. Mademoiselle, qui est bonne, quoi que vous puissiez penser et dire, vous obtiendra votre pardon, car Madame vous aime toutes et paraît bien affligée d'être forcée de faire un exemple.

BERTHE.

Eh bien, j'y consens... à cause de ma mère.

LAURENCE.

Et moi aussi... à cause de mon père.

LÉONIE.

Et moi, pour que grand'mère ne dise pas que j'ai mauvaise tête.

ALINE.

Il faut bien alors que je fasse comme vous; sans cela, j'aurais l'air de m'être révoltée toute seule.

CÉCILE.

Tout de suite alors... Justement, voici Mademoiselle.

LAURENCE.

Qui est-ce qui parlera?

LÉONIE.

Ce sera Berthe, la seule peut-être qui ait un vrai repentir.

SCÈNE VI.

LES MÊMES, MADEMOISELLE LUCIENNE.

BERTHE, se levant.

Mademoiselle, au nom de mes compagnes, je viens vous prier d'oublier les torts que nous avons eus envers vous et de solliciter notre grâce. Nous tâcherons que vous n'ayez jamais à vous repentir de votre indulgence.

MADEMOISELLE LUCIENNE, avec bonté.

Cette grâce, je vous l'apporte, mes enfants. Madame, que j'ai longtemps suppliée au nom de vos familles, a bien voulu me laisser libre d'agir dès à présent à votre égard comme je l'entendrais. C'est vous dire que vous avez un pardon plein et entier.

TOUTES.

Merci, merci, Mademoiselle!

BERTHE.

Comment pourrons-nous reconnaître tant de bonté?

MADEMOISELLE LUCIENNE.

En m'aimant un peu, mes enfants, et en essayant de profiter de mes leçons.

FIN.

LES

ÉMIGRANTES

PERSONNAGES.

Madame FERRIER, soixante ans.
ANNA FERRIER, sa bru.
HÉLÈNE, fille d'Anna, six ans.
Madame RAIMBAUD, sœur cadette de M⁰ᵉ Ferrier.
Madame GENDRÉ, amie d'Anna.
BERTHA, servante.

La scène représente un salon; des gravures, des tableaux, des livres encombrent les tables et les chaises.

LES ÉMIGRANTES

SCÈNE PREMIÈRE.

MADAME FERRIER, ANNA.

MADAME FERRIER, regardant tristement autour d'elle.

Qui m'eût dit qu'à soixante ans il me faudrait quitter pour jamais cette maison, où je suis entrée à vingt ans, le cœur si plein d'espoir? La vie alors s'ouvrait devant moi, et qu'elle me semblait belle! Une mère bien aimée me souriait, un époux me tendait la main sur le seuil de cette demeure, qui allait devenir la mienne. Quel changement!

ANNA, tristement.

Votre jeunesse du moins fut heureuse.

MADAME FERRIER.

Oui, ma fille, et en voyant l'excès de votre malheur, il me semble que je n'ai plus le droit de me plaindre. Oui, je fus, durant vingt années, la plus heureuse des épouses, la plus fière des mères. Maintenant, hélas! mère, père, époux, tous sont couchés sous l'herbe du cimetière.

ANNA.

Mes parents sont morts, eux aussi... et mon mari...

MADAME FERRIER.

Votre mari! mon fils! Mort, tombé à trente ans, comme tombe l'épi sous la faux du moissonneur... tué, massacré dans cette horrible guerre, lui si bon, si brave, si plein d'avenir!

ANNA.

Hélas!

MADAME FERRIER, avec pitié.

Pauvre Anna! si jeune et déjà veuve. Je comprends votre peine, et je souffre pour vous plus encore que pour moi... car, ainsi que vous le dites, ma jeunesse fut heureuse; et puis, le terme de ma vie approche.

ANNA.

Ne parlez pas ainsi, ma mère! Votre tâche n'est pas terminée, votre fils ne nous a-t-il pas laissé une petite orpheline? De combien de tendresse son enfance n'aura-t-elle pas besoin?

MADAME FERRIER.

La mienne ne lui manquera jamais. Pauvre enfant, elle va prendre la route de l'exil.

Fig. 5. — Troupe de Prussiens en reconnaissance.

ANNA.

Est-ce qu'elle saura, est-ce qu'elle comprendra? Mais vous, ma mère, mais moi, nous laisserons ici, dans cette maison, tous nos chers souvenirs de joie et de tristesse.

MADAME FERRIER.

C'est trop vrai! Et cependant pourrions-nous jamais rester dans cette ville, où ne retentissent plus que les pas de l'Allemand, parcourir ces promenades, ces verts boulevards, où souvent nous avons marché appuyées au bras des nôtres?

ANNA, avec énergie.

Rester, jamais! A chaque instant, leur vue ravive toutes mes douleurs. Sans cette guerre, sans cette invasion de notre sol, le père de notre petite Hélène serait encore là près de nous.

MADAME FERRIER.

Courage! La vie est une longue épreuve; vous en faites trop tôt la triste expérience. Soutenons-nous mutuellement pour porter le fardeau de notre douleur et élever notre enfant bien aimée. Depuis que vous êtes entrée dans ma famille, vous avez eu pour moi le respect et le dévouement d'une fille; vous trouverez en moi, jusqu'au dernier jour, tout l'amour d'une mère.

ANNA.

Merci, mon excellente mère.

SCÈNE II.

Madame FERRIER, ANNA, HÉLÈNE.

HÉLÈNE, à madame Ferrier.

Bonjour, bonne grand'mère. (A *Anna*.) Nous allons donc partir, petite mère, que

Fig. 6. — Madame Ferrier serre sa bru dans ses bras.

Bertha entasse dans de grandes malles toutes mes belles robes?

ANNA.

Oui, ma pauvre petite.

HÉLÈNE.

Nous serons donc malheureuses, que Bertha pleure tant?

MADAME FERRIER.

Non, mon enfant chérie, tu ne seras pas malheureuse; ni nous non plus, puisque tu seras avec nous.

HÉLÈNE.

Et Bertha, est-ce que nous ne l'emmène-rons pas?

ANNA.

Si, ma chère petite, et nous tâcherons de lui adoucir son sort, à cette pauvre fille, qui depuis dix années nous sert avec tant de dévouement.

HÉLÈNE, avec joie.

A la bonne heure. Je vais courir lui dire qu'elle restera toujours avec nous, pour qu'elle ne pleure plus. A propos, petite mère, et Black, notre bon cheval, et Fido, notre gros chien, et notre belle chatte rayée, est-ce que nous les laisserons ici?

MADAME FERRIER.

Non, nous n'abandonnerons pas non plus ces humbles amis.

HÉLÈNE, gaiement.

Eh bien, puisque nous emmenons tout le monde, notre bonne Bertha et nos chers animaux, je cours le leur dire, pour qu'ils n'aient plus de chagrin.

(*Elle sort en courant.*)

Fig. 7. — Fido, le gros chien.

SCÈNE III.

Madame FERRIER, ANNA, BERTHA.

BERTHA, à madame Ferrier.

Madame, tout est prêt, les caisses son fermées.

MADAME FERRIER.

C'est bien, ma pauvre fille. Le départ est pour ce soir, vous le savez?

BERTHA.

Oui, Madame, et dans une heure le dîner sera servi.

(Elle sort.)

MADAME FERRIER.

Triste repas que celui qui va réunir autour de cette table les membres de notre malheureuse famille et les amis que ce soir nous embrasserons peut-être pour la dernière fois. Venez, Anna, avec Hélène. Il est d'autres adieux que nous allons faire à ceux que nous avons perdus, mais dont nous emporterons du moins l'impérissable souvenir.

ANNA.

Hélas! il en est un sur les restes duquel nous ne pourrons même pleurer.

(Elles sortent.)

Fig. 8. — Black.

SCÈNE IV.

Madame FERRIER, ANNA.

MADAME FERRIER.

Raffermissez votre cœur, ma fille. Essayez du moins de retenir vos pleurs. Voudriez-vous donc vous montrer moins courageuse qu'une femme déjà affaissée par les années?

ANNA, pleurant.

Ah! c'est plus fort que moi. Au moment de quitter cette ville, où mon enfance s'est écoulée si heureuse, cette maison où près de mon mari j'ai vécu de si douces années, il me semble que je vais le perdre une seconde fois.

MADAME FERRIER.

Ces déchirements, ces regrets, je les ressens comme vous, mais je tâche de vous cacher une partie de ma peine pour que la vôtre soit moins amère. Que votre âme grandisse dans la douleur et que, toute jeune, votre enfant apprenne de vous comment il faut savoir souffrir!

SCÈNE V.

LES MÊMES, MADAME RAIMBAUD.

(Madame Raimbaud, s'approchant de madame Ferrier, l'embrasse en silence, puis serre affectueusement la main de la jeune femme.)

MADAME FERRIER.

Voici, ma pauvre sœur, un des plus douloureux jours de ma vie.

MADAME RAIMBAUD.

C'est le cœur navré que je viens vous dire adieu, car à mon âge le revoir est incertain. Comme vous, je voudrais pouvoir fuir ce pays où l'Allemand règne en maître; comme vous, je partirais si je n'étais retenue près d'un époux infirme. Me faudra-t-il donc jusqu'à ma mort voir ces étrangers fouler en paix le sol de notre ville bien aimée?

ANNA, avec enthousiasme.

Que dites-vous? Un jour, bientôt peut-être, je l'espère, la France prendra sa revanche, revanche éclatante, et les enfants, aujourd'hui dispersés, de la courageuse Alsace, de la fière Lorraine, reviendront habiter ces villes, ces bourgs, ces villages, dont maintenant ils s'éloignent en pleurant.

MADAME FERRIER.

Oui, et cet espoir doit nous soutenir, nous qui partons, et vous donner du courage, à vous qui restez. Aussi, quoique séparés, aimons-nous.

SCÈNE VI.

LES MÊMES, MADAME GENDRÉ.

(Anna court à elle, et lui prend les mains.)

ANNA, avec élan.

Je t'attendais. Je savais bien que je ne pouvais partir sans te dire encore une fois adieu, moi qui voudrais t'emmener!

MADAME GENDRÉ.

Que ne puis-je te suivre!

ANNA.

Avoir dans l'exil une amie comme toi, parler ensemble du passé, oublier le présent, oser même quelquefois espérer .... Oh! c'eût été trop de bonheur; aussi, n'y faut-il pas songer.

MADAME GENDRÉ.

Hélas! non, car j'ai une grand'mère, à demi aveugle, et un tout petit enfant. Ils

Fig. 9. — « Pauvre enfant! quelle heureuse insouciance! »

n'ont que moi au monde, et le moindre changement de climat peut les tuer.

ANNA.

Reste donc, puisqu'il le faut, mais promets-moi de ne pas m'oublier.

MADAME GENDRÉ, lui serrant la main.

T'oublier, toi, ma seule amie? Ah! si je le voulais, je ne le pourrais pas.

MADAME FERRIER, à madame Gendré.

Merci, Madame, d'être venue nous dire adieu. Je compte sur vous pour encourager Anna.

MADAME GENDRÉ.

Elle ne faiblit pas, Madame; seulement, elle pleure, elle est si malheureuse!

MADAME FERRIER.

Oui, elle est malheureuse, oui, notre affliction est grande; mais combien de familles, frappées plus cruellement encore, n'ont pas, comme nous, à remplir la tâche consolante d'élever un enfant!

ANNA.

Pardonnez-moi de n'avoir pas cette fermeté d'âme que j'admire en vous: mais je tâcherai de devenir digne d'une mère comme vous.

SCÈNE VII.

LES MÊMES, HÉLÈNE.

HÉLÈNE.

Eh bien, grand'mère, eh bien, petite ma-

Fig. 10. — Le départ.

man, on nous attend pour partir. Quel bonheur! nous allons faire un beau voyage.

MADAME RAIMBAUD.

Pauvre enfant! quelle heureuse insouciance!

ANNA.

Elle n'apprendra que trop tôt son malheur.

SCÈNE VIII.

LES MÊMES, BERTHA.

BERTHA.

Les voitures sont attelées; ces dames sont-elles prêtes?

MADAME FERRIER.

Nous vous suivons. (*Elle embrasse sa sœur.*)

MADAME RAIMBAUD.

Pauvre sœur, chère Anna, adieu !

ANNA, en pleurs, à madame Ferrier.

Ma mère, quelques instants encore!

MADAME FERRIER.

Je vous en supplie, ma fille, ne prolongez pas ces pénibles adieux.

ANNA.

Souvenez-vous de nous. Adieu !

MADAME FERRIER.

Non pas adieu, mais « au revoir »; car, j'en ai la confiance, l'heure du retour sonnera.

FIN.